오후의 마지막 잔디

오후의 마지막 잔디

午後 の 最後 の 芝生

무라카미 하루키
소설

안자이 미즈마루
그림

문학동네

　내가 잔디를 깎았던 게 열여덟인가 열아홉 살 때
쯤이니까 벌써 십사오 년 전인 셈이다. 상당히 옛날
이다.
　이따금 십사오 년 전이면 옛날이라고 할 정도는
아니라는 생각이 들기도 한다. 짐 모리슨이 〈라이
트 마이 파이어〉를 노래하고 폴 매카트니가 〈롱 앤
드 와인딩 로드〉를 노래하던 시절―앞뒤가 좀 바뀐
것도 같은데 뭐 대략 그 시절이다―이 그토록 옛날

이라니 나로서는 도무지 실감이 나지 않는다. 나부터가 그 시절과 비교해 별로 변하지 않은 것 같기도 하다.

아니, 그렇진 않지. 나는 분명 많이 변했을 것이다. 그렇게 생각하지 않고서는 제대로 설명할 수 없는 일이 너무도 많다.

오케이, 나는 변했다. 그리고 십사오 년 전이라는 건 상당히 옛날이다.

집 근처에―얼마 전 이사 온 곳이다―공립중학교가 있어서 나는 장을 보러 가거나 산책을 할 때마다 그 앞을 지난다. 그리고 걸으면서 중학생들이 체조하거나 그림을 그리거나 장난치는 광경을 멍하니 바라본다. 딱히 좋아서 보는 건 아니고 별달리 볼 것이 없어서다. 오른편의 벚나무 가로수를 바라보아도 괜찮겠으나 그보다는 중학생을 바라보는 게 그나마

낫다.

　아무튼 그런 식으로 날마다 중학생을 바라보다가 어느 날 문득 깨달았다. 그들은 열네 살이거나 열다섯 살이다. 이것은 나에게 꽤 큰 발견이자 꽤 큰 놀라움이었다. 십사오 년 전 그들은 아직 태어나지 않았거나 태어났다고 해도 거의 의식이 없는 핑크빛 살덩어리였다. 그러던 것이 이제는 벌써 립스틱을 바르고 체육관 창고 구석에 숨어 담배를 피우고 마스터베이션을 하고 디스크자키에게 시답잖은 엽서를 보내고 어느 집 담벼락에 빨간 스프레이 페인트로 낙서를 하고 『전쟁과 평화』를—아마도—읽는 것이다.

　맙소사. 나는 생각했다.

　십사오 년 전이면, 내가 잔디 깎던 무렵이잖아?

*

   기억이라는 건 소설과 비슷하다. 혹은 소설이라는 건 기억과 비슷하다.

   나는 소설을 쓰기 시작한 뒤로 그것을 절감하게 되었다. 기억이라는 건 소설과 비슷하다, 혹은 소설이라는 건 어쩌고저쩌고.

   아무리 말끔하게 가다듬으려고 애써도 문맥이 이리 갔다 저리 갔다 하다 결국에는 문맥 같지도 않은 것으로 바뀐다. 마치 축 늘어진 새끼고양이 몇 마리를 쌓아올린 것 같다. 미적지근하고, 게다가 불안정하다. 그런 걸 상품이랍시고 내놓다니—상품 말이다—나는 때때로 엄청나게 창피해진다. 정말로 얼굴이 붉어지는 때도 있다. 내가 얼굴을 붉히면 온 세상이 얼굴을 붉힌다.

하지만 인간의 존재를 비교적 순수한 동기에 근거한 상당히 어리석은 행위로 파악한다면, 무엇이 올바르고 무엇이 올바르지 않으냐 하는 건 별로 중요한 문제가 아니다. 그리고 거기서 기억이 태어나고 소설이 태어난다. 이건 어느 누구도 멈출 수 없는 영구운동 기계와도 같다. 그것은 온 세상을 덜컹덜컹 돌아다니면서 땅바닥에 끝없는 선 하나를 긋는다.

잘되면 좋겠네요, 라고 그는 말한다. 하지만 잘될 리가 없다. 잘되었던 적도 없다.

하지만 그렇다고 달리 어쩌면 좋단 말인가?

그래서 나는 다시 새끼고양이를 모아 쌓아올린다. 새끼고양이들은 축 늘어졌고 아주 말랑말랑하다. 잠에서 깨어나 자신들이 캠프파이어 장작처럼 차곡차곡 쌓여 있는 것을 알았을 때, 새끼고양이들은 무슨 생각을 할까? 어라, 어째 이상하네, 라는 정도

로 넘어갈지도 모른다. 만일 그렇다면―그 정도라
면―나도 조금은 마음이 놓일 것이다.
　그렇다는 얘기다.

*

　내가 잔디를 깎았던 게 열여덟인가 열아홉 살 때
쯤이니까 벌써 상당히 옛날 일이다. 그 무렵 내게는
동갑내기 애인이 있었지만 그녀는 사정이 좀 있어서
아주 먼 도시에 살고 있었다. 우리가 만날 수 있는
날은 일 년에 모두 합해 고작 이 주 정도였다. 우리
는 그동안 섹스를 하거나 영화를 보거나 제법 호사
스러운 식사를 하거나 줄줄이 두서없는 이야기를 하
거나 했다. 그리고 마지막에는 반드시 요란하게 싸
우고 화해하고 다시 섹스를 했다. 요컨대 다른 평범

한 애인들이 하는 짓을 압축판 영화 같은 느낌으로 급하게 해치운 것이다.

내가 그녀를 정말로 좋아했는지, 이제 잘 모르겠다. 기억은 나는데 모르겠다. 나는 그녀와 식사하는 것을 좋아했고, 하나씩 하나씩 옷 벗는 그녀를 보는 것을 좋아했고, 그녀의 부드러운 몸속에 들어가는 것도 좋아했다. 섹스 뒤에 내 가슴에 얼굴을 대고 재잘거리거나 잠드는 그녀를 바라보는 것도 좋아했다. 하지만 내가 알 수 있는 건 그뿐이었다. 그다음에 어떻게 되었는지는 잘 생각나지 않았다.

그녀와 만나는 몇 주간을 빼면 내 인생은 지독히 단조로웠다. 어영부영 학교에 가서 강의를 듣고 그럭저럭 남들 비슷하게 학점을 땄다. 그리고 혼자 영화를 보거나 이유도 없이 거리를 돌아다녔다. 친한 여자가 한 명 있었다. 그녀에게도 애인이 있었지만

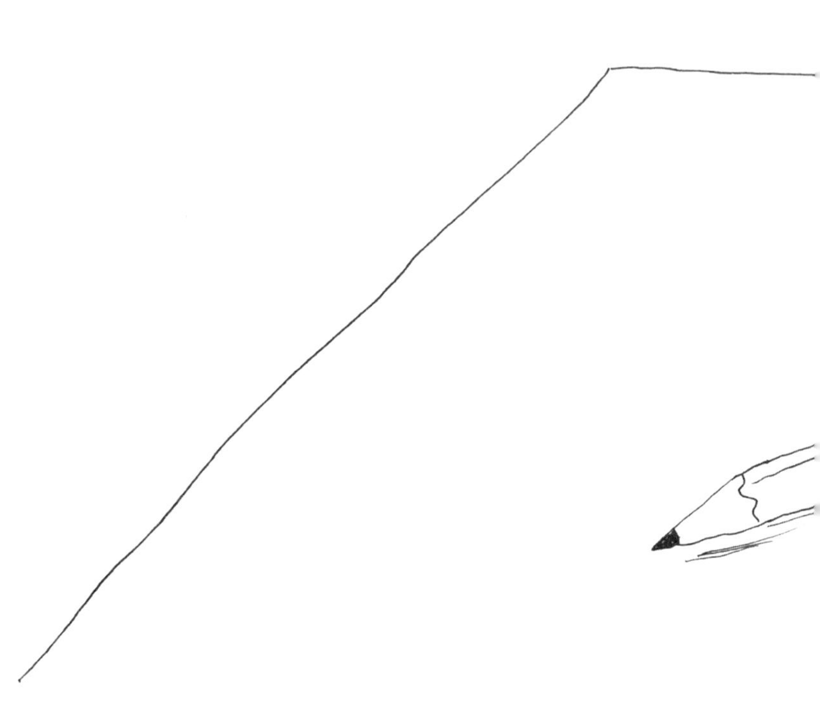

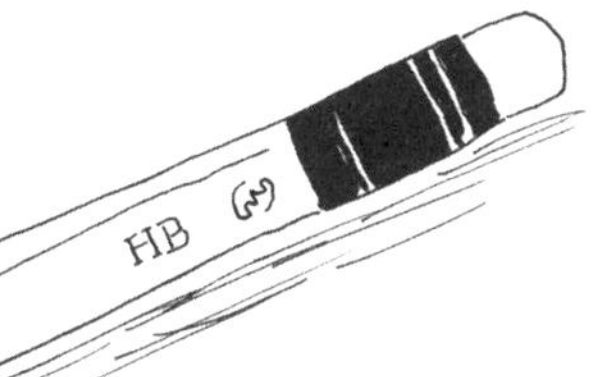

HB 2

BAND-AID
BRAND
sheer
Plasters
30
Johnson & Johnson

우리는 곧잘 둘이서 어딘가에 가서 많은 얘기를 나누었다. 혼자 있을 때는 내내 로큰롤 레코드를 들었다. 행복한 것 같기도 하고 행복하지 못한 것 같기도 했다. 하지만 그 시절이란 다 그런 법이다.

어느 여름날 아침, 7월 초, 애인에게서 긴 편지가 도착했고 거기에 나와 헤어지고 싶다고 적혀 있었다. 너를 항상 좋아했고 지금도 좋아하고 앞으로도…… 어쩌고저쩌고. 요컨대 헤어지고 싶다는 얘기였다. 새 남자친구가 생긴 것이다. 나는 고개를 내저은 뒤 담배를 여섯 개비 피우고, 밖에 나가 캔맥주를 마시고, 방에 돌아와 다시 담배를 피웠다. 그러고는 책상 위에 있는 기다란 HB연필 세 자루를 분질렀다. 딱히 화가 났던 것은 아니다. 무엇을 해야 좋을지 잘 몰랐을 뿐이다. 그러고선 옷을 갈아입고 일하러 나갔다. 그뒤 한동안 나는 주위 사람들에게서

“요즘 아주 명랑해졌네”라는 말을 들었다. 인생이란 참 알 수 없다.

나는 그해 잔디를 깎는 아르바이트를 했다. 잔디 깎기 회사는 오다큐선 교도역 근처에 있었는데 장사가 꽤 잘됐다. 사람들은 대부분 집을 지으면 정원에 잔디를 심는다. 혹은 개를 기른다. 조건반사 같은 것이다. 한 번에 둘 다 택하는 사람도 있다. 그건 그것대로 나쁘지 않다. 잔디의 초록빛은 아름답고 개는 귀엽다. 하지만 반년쯤 지나면 다들 슬슬 지겨워지기 시작한다. 잔디는 꾸준히 깎아줘야 하고 개는 꾸준히 산책을 시켜줘야 한다. 이게 영 힘들다.

뭐 어쨌든 우리는 그런 사람들을 위해 잔디를 깎았다. 나는 그 전해 여름, 대학교 학생과에서 이 일을 찾았다. 나 외에도 몇 명이 함께 들어갔지만 다들

금세 그만두고 나만 남았다. 일이 힘들어도 보수는 나쁘지 않았다. 게다가 남들과 말을 나눌 필요가 별로 없다. 내게 딱이었다. 나는 거기서 일하며 상당한 목돈을 만들었다. 여름에 애인과 어딘가로 여행을 갈 때 자금으로 쓸 작정이었다. 하지만 그녀와 헤어져버린 지금은 여행이고 뭐고 없었다. 이별 편지를 받고 일주일쯤 나는 그 돈을 어디에 쓸지 이리저리 생각했다. 아니, 그렇다기보다는 그것 말고 딱히 생각해야 할 일이 없었다. 뭐가 뭔지 알 수 없는 일주일이었다. 내 몸이 남의 몸처럼 보였다. 내 손과 얼굴과 페니스, 그런 모든 것이 내 것처럼 보이지가 않았다. 나는 내가 아닌 다른 인간이 그녀를 안고 있는 장면을 상상해보았다. 누군가가—내가 알지 못하는 누군가가—그녀의 조그만 젖꼭지를 살짝 깨물고 있는 것이다. 뭔가 엄청 이상한 기분이었다. 마치 내가 없어져버린 것 같았다.

돈을 어디에 쓸지는 결국 생각해내지 못했다. 누군가는 중고차―스바루 1000시시―를 사지 않겠느냐고 물었다. 주행거리가 꽤 됐지만 물건은 나쁘지 않고 가격도 적당했다. 그러나 왠지 내키지 않았다. 스테레오 스피커를 큰 것으로 바꿀까도 생각해봤지만 지금 사는 작은 목조 연립주택에 들이기는 무리였다. 좀더 좋은 집으로 이사해도 괜찮았지만 그럴 이유가 없었다. 이사하면 새 스피커를 살 만한 돈이 남지 않는 것이다.

돈을 쓸 데가 없었다. 여름 폴로셔츠 한 장과 레코드 몇 장을 샀을 뿐, 나머지는 고스란히 남았다. 아, 성능 좋은 소니 트랜지스터라디오도 하나 샀다. 큼직한 스피커가 딸렸고 FM 방송이 무척 깨끗하게 나왔다.

그 일주일이 지난 뒤, 나는 한 가지 사실을 깨달았다. 즉 돈을 쓸 데가 없다면 돈을 버는 의미도 없다는 것이다.

어느 날 아침 나는 잔디깎기 회사 사장에게 일을 그만두고 싶은데요, 라고 말했다. 이제 슬슬 시험공부도 시작해야 하고 그전에 여행이나 다녀오려고요. 아무리 그래도 더이상 돈이 필요 없다고 말할 수는 없다.

"그래? 이것참 아쉽네." 사장(이라기보다 정원수장인 느낌을 풍기는 아저씨였다)은 진심으로 아쉬운 듯이 그렇게 말했다. 그러고는 한숨을 내쉬며 의자에 앉아 담배를 피웠다. 얼굴을 천장으로 향하고 우두둑 목을 돌렸다. "넌 정말 잘해줬어. 아르바이트생 중에서 가장 오래 일했고 단골들 평판도 좋았는데. 아무튼 젊은 애답지 않게 아주 잘했어."

고맙습니다, 라고 나는 말했다. 실제로 나는 평판이 아주 좋았다. 꼼꼼하게 일한 덕분이다. 대부분 아르바이트생은 대형 전동 잔디기계로 전체를 휙 깎아내고 나머지는 대충 마무리해버린다. 그러면 시간도 덜 들고 몸도 덜 지친다. 하지만 내 방식은 정반대였다. 잔디기계는 대충 돌리고 수작업에 시간을 들였다. 기계로 잘 깎이지 않는 구석까지 꼼꼼히 손으로 작업하는 것이다. 당연히 결과물이 훨씬 깔끔하다. 다만 벌이는 적다. 한 건당 얼마 하는 식으로 보수를 계산하기 때문이다. 정원의 대략적인 면적에 따라 가격이 정해졌다. 또한 계속 웅크리고 앉아 일해서 허리가 지독히 아프다. 이건 실제로 해본 사람이 아니면 모른다. 익숙해지기 전에는 계단을 오르내리기도 힘들었을 정도다.

나는 딱히 좋은 평판을 바라고 그렇게 공들여 일

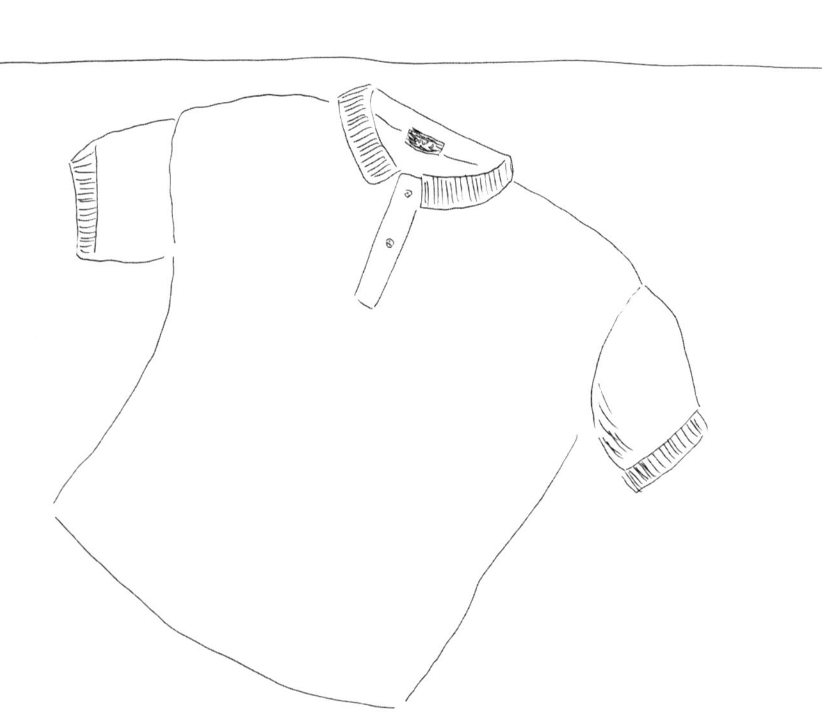

CHE
BA

한 것은 아니었다. 믿기 힘든 말인지도 모르지만, 단지 잔디 깎는 게 좋아서였다. 매일 아침 잔디가위를 갈고 라이트밴에 기계를 싣고서 고객의 집에 찾아가 잔디를 깎는다. 다양한 정원이 있고 다양한 잔디가 있고 다양한 부인이 있다. 얌전하고 친절한 부인이 있는가 하면 퉁명스러운 부인도 있다. 노브라에 헐렁한 티셔츠를 입고, 잔디를 깎는 내 앞에서 몸을 숙여 젖꼭지까지 보여주는 젊은 부인도 있다.

아무튼 나는 계속 잔디를 깎았다. 정원에는 대부분 잔디가 길게 자라 있었다. 마치 풀숲 같다. 잔디가 길면 길수록 보람이 있었다. 일이 끝나면 정원의 인상이 확 달라지는 것이다. 이건 정말 멋진 느낌이다. 마치 두툼한 구름이 싸악 걷히고 햇빛이 일대를 가득 채우는 듯한 느낌.

딱 한 번—일이 끝난 뒤에—그 집 부인과 잔 적

이 있다. 나이는 서른하나나 둘쯤 되었다. 그녀는 자그마한 몸집에 젖무덤이 작고 단단했다. 덧문을 모두 닫아걸고 전등불을 끈 캄캄한 방에서 우리는 몸을 섞었다. 그녀는 원피스를 입은 채 속옷만 벗고 내 위에 올라왔다. 가슴 아래쪽으로는 만지지 못하게 했다. 그녀의 몸은 이상할 만큼 써늘하고 버자이너만 따뜻했다. 그녀는 거의 한 마디도 하지 않았다. 나도 침묵했다. 원피스 자락이 사각사각 소리를 내고 그것이 느려졌다가 빨라졌다가 했다. 도중에 한 번 전화벨이 울렸다. 벨은 한바탕 울리다 멈췄다.

나중에야 내가 애인과 헤어진 게 그 일 때문이 아닌가 하는 생각이 문득 들곤 했다. 딱히 그렇게 생각해야 할 이유가 있었던 것은 아니다. 어쩐지 그런 생각이 들었을 뿐이다. 그때 받지 못한 전화 때문에. 하지만 뭐, 상관없다. 이미 끝난 일이다.

“그나저나 난처하네.” 사장은 말했다. “네가 지금 빠져버리면 예약을 맞출 수가 없어. 지금 한창 바쁜 철인데.”

장마 때문에 잔디가 수북수북 자란 것이다.

“어때, 앞으로 일주일만 더 나오면 안 될까? 일주일이면 일손도 구할 수 있을 테고, 그럭저럭 문제없을 것 같아. 그래준다면 특별히 보너스를 주지.”

좋아요, 라고 나는 말했다. 당장에 딱히 이렇다 할 일정도 없고, 무엇보다 일 자체가 싫은 건 아니었다. 그나저나 참 이상하다 싶었다. 돈 같은 거 필요 없다고 생각하자마자 돈이 들어오다니.

사흘 맑은 날씨가 이어지고 하루 비가 내리고 다시 사흘 맑았다. 그렇게 마지막 일주일이 지났다.

여름이었다. 그것도 흠뻑 반해버릴 만큼 멋진 여

름. 하늘에는 하얀 구름이 선명하게 떠 있었다. 태양은 지글지글 살갗을 태웠다. 내 등가죽은 세 번 벗어지고 이젠 완전히 새까매져 있었다. 귀 뒤까지 새까맸다.

마지막 일을 하는 날 아침, 티셔츠와 반바지, 테니스화에 선글라스를 끼고서 라이트밴을 타고 내게 마지막이 될 정원으로 향했다. 차 라디오가 망가져 집에서 가져온 트랜지스터라디오로 로큰롤을 들으며 운전을 했다. 크리던스나 그랜드 펑크였던 것 같다. 모든 것이 여름의 태양을 중심으로 회전하고 있었다. 나는 간간이 휘파람을 불고, 휘파람을 불지 않을 때는 담배를 피웠다. FEN*뉴스 아나운서가 기묘한 억양으로 베트남 지명을 연달아 말하고 있었다.

---

* Far East Network, 미국 극동 방송망. AFN의 전신이다.

내 마지막 일터는 요미우리 랜드 근처에 있었다. 맙소사. 어째서 가나가와현에 사는 사람이 도쿄 세타가야의 잔디깎기 회사에 서비스를 요청한 거지?

하지만 그것에 대해 불만을 늘어놓을 권리가 내게는 없었다. 왜냐하면 내가 스스로 선택한 일이니까. 아침에 회사에 가면 칠판에 그날의 일터가 죽 적혀 있고 저마다 원하는 장소를 선택한다. 대부분의 아르바이트생은 가까운 장소를 택했다. 오가는 데 시간이 들지 않아 그만큼 많은 건수를 소화할 수 있어서다. 나는 반대로 되도록 먼 곳을 택했다. 항상 그랬다. 모두 그것을 이상하게 생각했다. 앞서 말했듯이 나는 아르바이트생 중에서 가장 고참이라 원하는 곳을 맨 먼저 선택할 권리가 있었기 때문이다.

딱히 대단한 이유는 없었다. 멀리멀리 가는 게 좋았다. 먼 곳의 정원에서 먼 곳의 잔디를 깎는 게 좋았다. 먼 곳의 길에서 먼 곳의 풍경을 바라보는 게 좋았다. 하지만 그런 식으로 설명해봤자 아마 아무도 이해하지 못할 것이다.

나는 차창을 전부 열고 운전했다. 도회지에서 멀어질수록 바람이 시원해지고 녹음이 우거졌다. 풀숲의 훈김과 마른 흙 냄새가 짙어지고 하늘과 구름의 경계가 한 줄 선으로 또렷이 보였다. 멋진 날씨였다. 여자와 둘이서 여름날의 짧은 여행에 나서기에 더없이 좋은 날씨다. 나는 차가운 바다와 뜨거운 모래사장을 생각했다. 그리고 에어컨을 틀어둔 작은 방과 까슬까슬한 파란색 시트를 생각했다. 그뿐이다. 그 외에는 아무 생각도 나지 않았다. 모래사장과 파란색 시트가 번갈아가며 머릿속에 떠올랐다.

주유소에서 기름탱크를 가득 채우는 동안에도 똑같은 생각을 하고 있었다. 나는 주유소 옆 풀숲에 벌

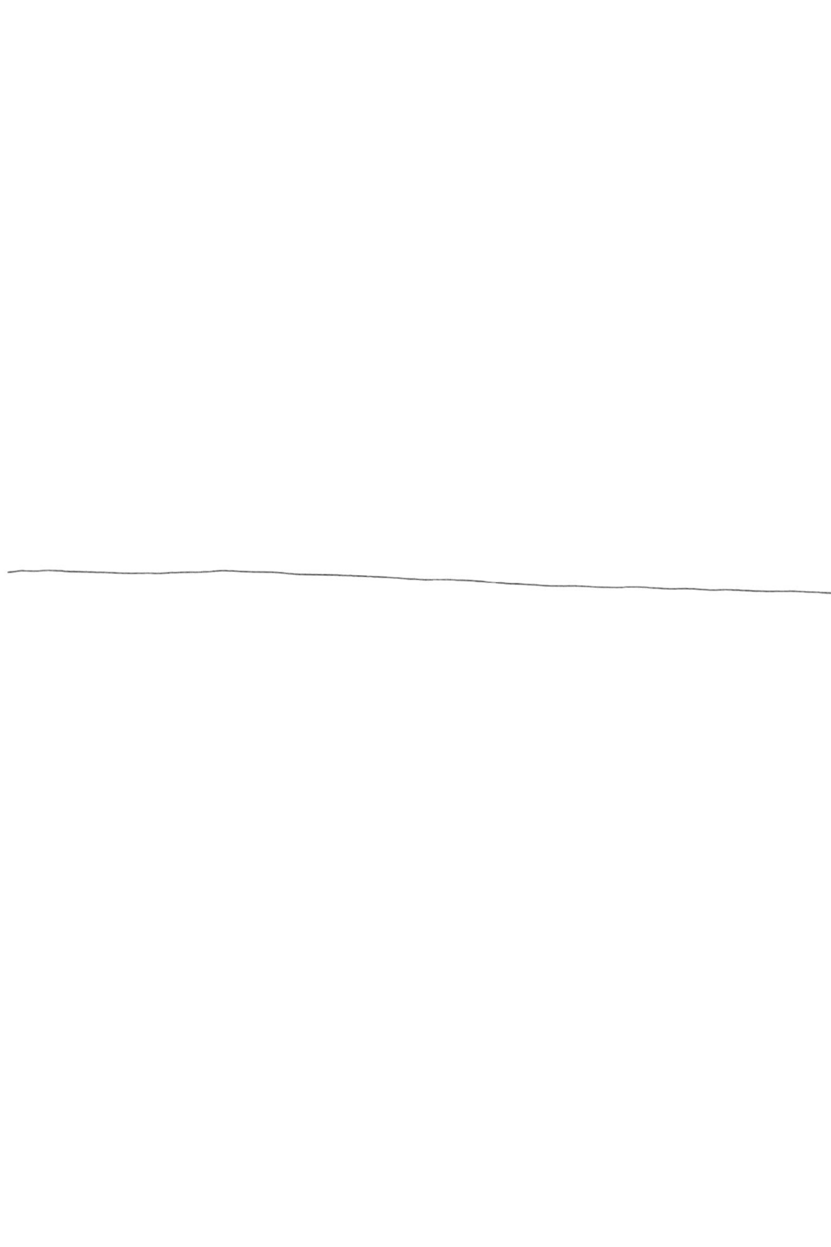

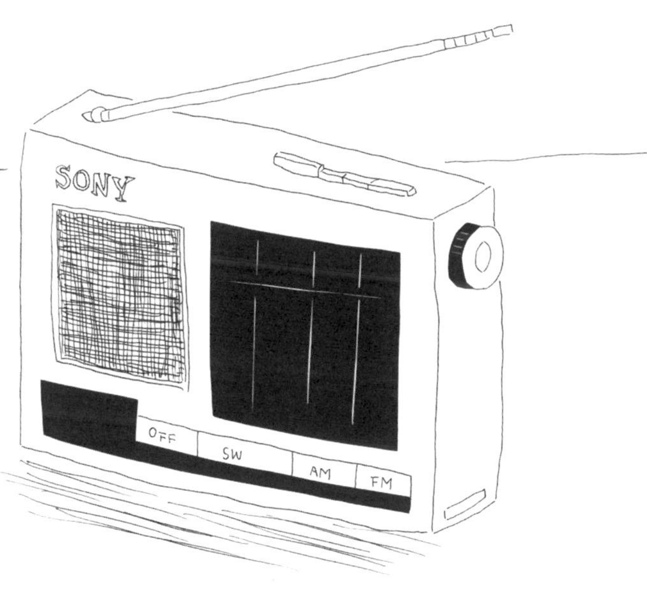
SONY
OFF
SW
AM
FM

렁 누워 직원이 기름을 체크하고 창을 닦는 것을 멍하니 바라보았다. 땅에 귀를 대면 여러 소리가 들렸다. 아득한 파도소리 같은 것도 들렸다. 하지만 그건 물론 파도소리가 아니다. 땅에 흡수된 온갖 소리가 뒤섞인 것뿐이다. 눈앞의 풀 잎사귀 위를 작은 벌레가 기어가고 있었다. 날개가 달린 조그만 초록색 벌레다. 벌레는 잎사귀 끝까지 가더니 잠시 망설이다가 왔던 길을 되돌아갔다. 딱히 실망한 것 같진 않았다.

십여 분 만에 급유가 끝났다. 직원이 차의 경적을 울려 내게 알려주었다.

*

목적지 집은 언덕 중턱에 있었다. 온화하고 기품

있는 언덕이다. 구불구불한 길 양옆으로 느티나무 가로수가 이어졌다. 어떤 집 정원에서는 작은 사내 아이 둘이 벌거숭이가 되어 서로에게 호스로 물을 뿌리고 있었다. 하늘로 솟구치는 물보라가 50센티미터쯤 되는 작은 무지개를 만들었다. 누군가 창을 열어둔 채 피아노 연습을 하고 있었다.

번지수를 더듬어가자 집은 간단히 찾았다. 나는 집 앞에 라이트밴을 세우고 벨을 눌렀다. 대답은 없었다. 주위는 무시무시하게 고요했다. 인기척도 없었다. 나는 다시 한번 벨을 눌렀다. 그리고 가만히 응답을 기다렸다.

아담하니 느낌이 좋은 집이었다. 크림색 모르타르 건물로, 지붕 한가운데 똑같은 색깔의 네모난 굴뚝이 나와 있었다. 창틀은 회색이고 하얀 커튼이 걸렸다. 둘 다 햇볕에 잔뜩 바랜 빛깔이었다. 오래된 집이지만 세월의 흔적이 멋지게 어울렸다. 피서지에 가면 곧잘 이런 집을 본다. 반년만 사람이 살고 반년은 빈집이다. 그런 분위기였다. 무언가의 영향으로 건물에서 생활의 냄새가 흩어진 것이다.

프랑스식으로 쌓은 벽돌담은 허리 높이밖에 안 되고 그 위는 넝쿨장미 울타리였다. 꽃은 모두 지고 초록색 잎이 눈부신 여름빛을 한가득 받고 있었다. 잔디 상태까지는 보이지 않았지만 정원이 꽤 넓고, 큼직한 녹나무가 크림색 벽에 시원한 그늘을 드리우고 있었다.

세번째로 벨을 눌렀을 때 현관문이 천천히 열리더니 중년 여자가 나타났다. 무시무시하게 큰 여자였다. 나도 결코 몸집이 작은 편이 아닌데 그녀가 나보다 3센티미터는 더 컸다. 어깨도 넓고, 꼭 뭔가에 화가 난 것처럼 보였다. 나이는 대략 쉰 전후일까. 미

인까지는 아니어도 이목구비가 단정했다. 하긴 단정하다고 한들 남들에게 호감을 살 만한 얼굴은 아니었다. 짙은 눈썹과 네모진 턱에서는 일단 말을 뱉으면 결코 무르는 법이 없을 듯한 고집스러움이 엿보였다.

그녀는 졸린 듯 게슴츠레한 눈빛으로 귀찮다는 듯이 나를 보았다. 흰머리가 조금 섞인 굵은 머리카락이 머리 위에서 물결치고, 갈색 무명 원피스 어깻죽지 밑으로 탄탄한 두 팔이 축 늘어져 있었다. 팔은 새하얬다.

"잔디 깎으러 왔어요." 나는 말했다. 그리고 선글라스를 벗었다.

"잔디?" 그녀는 고개를 갸웃했다.

"네, 전화를 받았는데요."

"아, 그래, 잔디. 오늘이 며칠이지?"

"14일이에요."

그녀는 하품을 했다. "아, 14일인가." 그리고 다시 한번 하품을 했다. 마치 한 달은 자다 나온 것 같았다. "근데 담배 있어?"

나는 호주머니에서 쇼트 호프 담배를 꺼내 그녀에게 건네고 성냥으로 불을 붙여주었다. 그녀는 기분 좋게 하늘을 향해 후우 연기를 뿜었다.

"얼마나 걸리지?" 그녀는 말했다.

"시간 말입니까?"

그녀는 턱을 앞으로 내밀어 끄덕였다.

"넓이와 잔디 상태에 따라 달라요. 잠깐 봐도 될까요?"

"봐. 우선 봐야 깠지."

나는 그녀 뒤를 따라 정원으로 돌아갔다. 정원은 납작한 직사각형이고 60평쯤 되었다. 수국 덤불이 보이고 녹나무가 한 그루, 나머지는 잔디다. 창문 아래 빈 새장 두 개가 내버려져 있었다. 정원은 구석구석 손질이 잘되어 있고 잔디는 굳이 깎아낼 필요도 없을 만큼 짧았다. 나는 조금 김이 빠졌다.

"이 정도면 앞으로 이 주는 가겠는데요." 나는 말했다.

그녀는 짧게 콧소리를 냈다.

"좀더 짧게 깎고 싶어. 그러려고 돈을 내는 거지. 내가 그러고 싶다는데 안 될 것 없잖아?"

나는 잠깐 그녀를 보았다. 뭐 확실히 맞는 말이었다. 나는 고개를 끄덕이고 머릿속으로 시간을 가늠해보았다. "네 시간이면 끝납니다."

"굉장히 느긋하게 하네?"

"느긋하게 하고 싶어요."

"뭐, 좋을 대로." 그녀는 말했다.

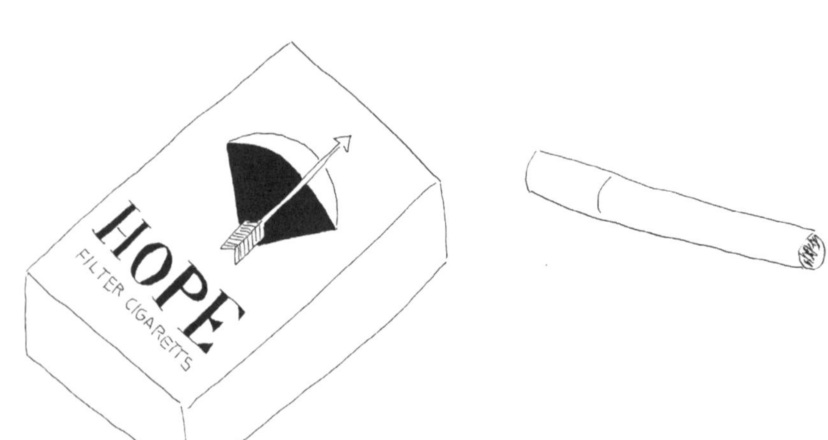

HOPE
FILTER CIGARETTS

라이트밴에서 전동 잔디기계와 잔디가위, 갈퀴, 쓰레기봉투, 아이스커피가 든 보온병과 트랜지스터 라디오를 꺼내 정원으로 날랐다. 해는 점점 중천에 가까워지고 기온도 점점 올라갔다. 내가 도구를 나르는 동안 그녀는 현관에 구두를 열 켤레쯤 늘어놓고 총채로 먼지를 떨었다. 구두는 모두 여성용, 작은 사이즈와 특대 사이즈 두 종류였다.

"음악 들으면서 해도 괜찮아요?" 나는 물어보았다.

그녀가 웅크려 앉은 채 나를 올려다보았다. "나도 음악 좋아해."

나는 우선 정원에 굴러다니는 돌멩이부터 치워놓고 잔디기계를 돌렸다. 돌이 휩쓸려 들어가면 칼날에 상처가 나기 때문이다. 기계 앞쪽에 플라스틱 바구니가 달려 있어서 깎아낸 잔디는 모두 그곳으로 들어간다. 바구니가 가득차면 떼어내 쓰레기봉투에 비운다. 정원이 60평이나 되다보니 잔디가 짧아도 상당한 양이 깎여 나왔다. 햇볕이 쨍쨍 내리쬐었다. 나는 땀에 젖은 티셔츠를 벗고 반바지 한 장만 걸친 차림이 되었다. 잘 구워진 바비큐 같은 꼴이다. 이렇게 작업하다보면 아무리 물을 마셔도 오줌 한 방울 나오지 않는다. 모두 땀으로 나가는 것이다.

한 시간쯤 기계를 돌린 뒤 잠시 쉬려고 녹나무 그늘에 앉아 아이스커피를 마셨다. 당분이 온몸에 속속들이 스며들었다. 머리 위에서 매미가 울어댔다. 라디오 스위치를 켜고 다이얼을 돌려 적당한 디스크자키를 찾았다. 스리 도그 나이트의 〈마마 톨드 미〉가 나온 참에 다이얼을 멈추고 벌렁 누워서 선글라스 너머 나뭇가지와 그 사이로 비쳐드는 햇빛을 바라보았다.

그녀가 다가와 내 옆에 섰다. 아래서 올려다보니 꼭 녹나무 같았다. 오른손에 유리잔을 들고 있었다. 잔에 든 얼음과 위스키로 보이는 액체가 여름 햇빛에 반짝이며 출렁였다.

"덥지?" 그녀는 말했다.

"그렇네요." 내가 말했다.

"점심은 어떻게 하지?" 그녀가 말했다.

나는 손목시계를 보았다. 열한시 이십분이었다.

"열두시에 나가서 먹을게요. 근처에 햄버거 가게가 있더군요."

"일부러 나갈 거 없어. 내가 샌드위치라도 만들어 줄게."

"정말 괜찮아요. 항상 밖에 나가서 먹으니까요."

그녀는 위스키 잔을 들어 한입에 반 정도 마셨다.

그러고는 입을 오므리고 후유 숨을 내쉬었다. "어차피 내 것도 만들어야 해. 그 김에 하는 거야. 싫다면 억지로 안 만들겠지만."

"그럼 잘 먹겠습니다. 고마워요."

그녀는 아무 말 없이 턱을 약간 앞으로 내밀었다. 그리고 느릿느릿 어깨를 흔들며 집안으로 들어갔다.

그뒤로 열두시까지는 가위로 잔디를 깎았다. 우선 기계로 깎아 들쑥날쑥한 곳을 다듬고 잔디 부스러기를 갈퀴로 긁어모은 다음 기계로 깎이지 않는 부분을 깎는다. 마음을 느긋하게 먹어야 하는 일이다. 대충 하려고 들면 얼마든지 대충 할 수 있고, 제대로 하려고 들면 얼마든지 제대로 할 수 있다. 하지만 제대로 했다고 그만큼 평가받는가 하면 꼭 그렇지만도 않다. 오히려 꾸물거리는 것처럼 보일 수도 있다. 하

지만 앞에서도 말했듯이 나는 꽤 제대로 한다. 이건 성격의 문제다. 그리고 아마도 자존심의 문제다.

열두시에 어디선가 사이렌이 울리자 그녀는 나를 부엌으로 불러 샌드위치를 챙겨주었다.

넓지는 않지만 말끔하고 청결한 부엌이었다. 불필요한 장식이 하나도 없었다. 심플하고 기능적인 부엌이었다. 전자제품은 하나같이 구형이었다. 그리운 기분이 든다고 해도 좋을 정도였다. 어디선가 시대가 멈춰버린 듯한 느낌도 들었다. 거대한 냉장고가 웅웅거리는 소리 외에 사방은 아주 고요했다. 그릇에도 숟가락에도 그림자 같은 고요함이 배어 있었다. 그녀가 맥주를 권했지만 나는 작업중이라며 거절했다. 그녀는 대신 오렌지주스를 주었다. 맥주는 그녀가 직접 마셨다. 테이블 위에는 절반 남은 화이트호스 위스키병도 있었다. 싱크대 밑에는 여러 종

류의 빈병이 나뒹굴고 있었다.

햄과 양상추와 오이를 넣은 샌드위치는 보기보다 훨씬 맛있었다. 정말 맛있어요, 라고 나는 말했다. 샌드위치는 옛날부터 잘 만들지, 라고 그녀가 말했다. 다른 음식은 잘 못하지만 샌드위치 하나는 잘해. 죽은 남편이 미국인이었는데 매일 샌드위치를 먹었거든. 샌드위치만 먹여주면 군말이 없었어.

그녀는 그 샌드위치를 한 조각도 먹지 않았다. 피클 두 조각만 집어먹고 내내 맥주만 마셨다. 그다지 맛있게 마시지도 않았다. 하는 수 없이 마신다는 기색이었다. 우리는 식탁에 마주앉아 샌드위치를 먹고 맥주를 마셨다. 그러나 그녀는 그 이상 아무 말이 없었고 나도 입을 열지 않았다.

열두시 반에 나는 다시 잔디로 돌아왔다. 마지막 잔디다. 여기만 깎고 나면 이제 잔디와 안녕이다.

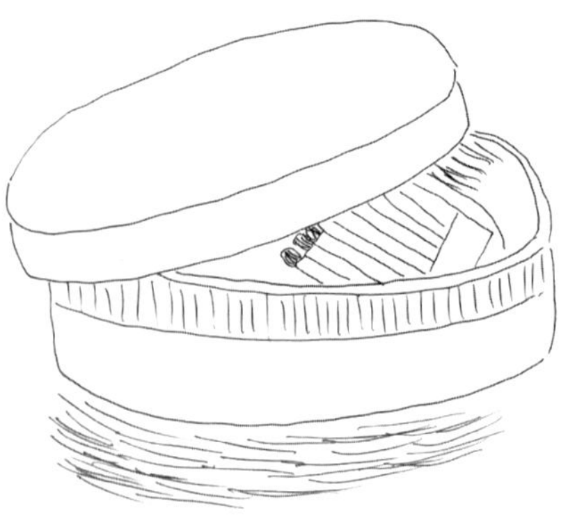

WHITE
WHITE HORSE
Fine Old
Scotch Whisky

　FEN에서 나오는 로큰롤을 들으며 공들여 잔디를 다듬었다. 깎아낸 잔디를 몇 번이나 갈퀴로 치워놓고, 이발사가 곧잘 그러듯이 덜 깎인 곳이 없는지 다양한 각도에서 점검했다. 한시 반쯤에 삼분의 이가 끝났다. 땀이 자꾸 눈으로 들어가 그때마다 정원 수도에서 얼굴을 씻었다. 이유도 없이 몇 번인가 페니스가 발기했고 다시 잠잠해졌다. 잔디를 깎으며 발기하다니, 어쩐지 바보 같다.

　두시 이십분에 작업이 끝났다. 나는 라디오를 끄고 맨발로 잔디 위를 한 바퀴 돌아보았다. 만족스러웠다. 빠뜨린 곳도 없고 들쑥날쑥한 곳도 없다. 융단처럼 보드랍다. 나는 눈을 감고 크게 숨을 들이마셨다. 그리고 잠시 발바닥에 느껴지는 시원한 초록빛 감촉을 즐겼다. 하지만 얼마 안 있어 온몸의 힘이 갑자기 쭉 빠졌다.

'지금도 너를 정말 좋아해.' 그녀는 마지막 편지에 그렇게 썼다. '다정다감하고 아주 훌륭한 사람이라고 생각해. 이건 거짓말이 아니야. 하지만 어느 순간, 그것만으로는 부족하다는 느낌이 들었어. 왜 그런 생각이 들었는지 나도 모르겠어. 이렇게 말하면 넌 괴롭겠지. 아무런 설명도 되지 않을 테니까. 열아홉 살이란 정말 싫은 나이야. 앞으로 몇 년쯤 지나면 훨씬 잘 설명할 수 있을 거야. 하지만 몇 년쯤 지난 뒤에는, 더 설명할 필요도 없겠지.'

나는 수도에서 얼굴을 씻고 작업 도구들을 라이트밴에 싣고 나서 새 티셔츠를 입었다. 그리고 현관문을 열고 일이 끝났음을 알렸다.

"맥주 좀 마시고 가." 그녀는 말했다.

"고맙습니다." 내가 말했다. 맥주 정도는 마셔도 괜찮으리라.

우리는 정원 끝에 나란히 서서 잔디를 바라보았다. 나는 맥주를 마시고 그녀는 길쭉한 유리잔으로 레몬을 뺀 보드카토닉을 마셨다. 주류 매장에서 종종 덤으로 주는 그런 유리잔이었다. 매미는 아직도 울고 있었다. 그녀는 전혀 취한 것처럼 보이지 않았다. 숨소리만 약간 부자연스러웠다. 이 사이로 쓰쓰 새어나오는 듯한 숨소리였다. 이러다가 당장이라도 의식을 잃고 잔디 위에 털썩 쓰러져 그대로 죽어버리진 않을까. 나는 그녀가 쓰러지는 장면을 머릿속으로 그려보았다. 아마도 똑바로 쾅당 쓰러질 거라고 나는 생각했다.

"일을 잘하네." 그녀가 말했다. 그다지 유쾌하지 않다는 듯한 목소리였지만, 그렇다고 뭔가 나무라는 것도 아니었다. "지금까지 잔디 깎는 사람이 여럿 왔었지만 이렇게 제대로 해준 건 네가 처음이야."

“고맙습니다.” 나는 말했다.

“죽은 남편이 잔디에 유난을 떨었어. 매번 자기 손으로 직접 말끔하게 깎았지. 꼭 너처럼 말이야.”

나는 담배를 꺼내 그녀에게 권하고 함께 피웠다. 그녀의 손은 내 손보다 컸다. 그리고 돌처럼 딱딱해 보였다. 오른손의 유리잔도 왼손의 쇼트 호프도 아주 작아 보였다. 손가락은 굵직하고 반지도 끼지 않았다. 손톱에는 뚜렷한 세로선이 몇 줄 나 있었다.

“쉬는 날이면 늘 잔디만 깎았어. 그리 괴짜도 아니었는데.”

나는 이 여자의 남편을 잠시 상상해보았다. 잘되지 않았다. 녹나무 부부가 상상 안 되는 것과 마찬가지다.

그녀는 다시 쓰쓰 숨을 내쉬었다.

“남편이 죽은 뒤로,” 여자가 말했다. “내내 업자

를 불렀어. 나는 햇볕에 약하고 우리 딸은 타는 걸 싫어하고. 하긴 타는 건 둘째 치고 젊은 여자애가 잔디를 깎으려 들 리 없지."

나는 고개를 끄덕였다.

"그래도 너 일하는 건 마음에 들었어. 잔디란 이런 식으로 깎아야지. 똑같이 깎아도 마음이란 게 있거든. 마음이 없으면 그건 그저……" 그녀는 그다음 말을 찾았지만 말은 나오지 않았다. 대신 트림을 했다.

나는 다시 한번 잔디를 바라보았다. 그것은 내 마지막 일이었다. 그리고 나는 그 사실이 어쩐지 슬펐다. 그 슬픔에는 헤어진 여자친구도 포함되어 있었다. 이 잔디를 끝으로 그녀와의 감정도 이제 사라져버리겠구나, 라고 생각했다. 나는 그녀의 벗은 몸을 떠올렸다.

녹나무 같은 여자가 또 트림을 했다. 그리고 몹시
불쾌해하는 표정을 지었다.

“다음달에도 와.”

“다음달은 안 돼요.” 나는 말했다.

“왜?” 그녀가 말했다.

“오늘이 마지막날이거든요.” 나는 말했다. “슬슬
학생으로 돌아가서 공부해야 학점을 딸 수 있어요.”

그녀는 잠시 내 얼굴을 보다가 자기 발밑을 바라
보고, 다시 내 얼굴을 보았다.

“학생이야?”

“네.” 나는 말했다.

“어느 학교?”

나는 대학교의 이름을 말했다. 학교 이름은 그녀
에게 별 감흥을 주지 못했다. 딱히 감흥을 줄 만한
학교가 아닌 것이다. 그녀는 집게손가락으로 귀 뒤

를 긁적였다.

"이제 이 일은 안 해?"

"네, 올여름에는." 나는 말했다. 올여름에는 이제 잔디를 깎지 않을 것이다. 내년 여름에도, 그리고 내후년 여름에도.

그녀는 양치하는 것처럼 보드카토닉을 잠시 입에 머금고 있다가 아까운 듯 반씩 나눠 삼켰다. 이마에 땀이 송송 맺혀 있었다. 작은 벌레가 살갗에 붙어 있는 것처럼 보였다.

"안으로 들어가자." 여자는 말했다. "바깥은 너무 더워."

나는 손목시계를 보았다. 두시 삼십오분. 늦은 건지 이른 건지 잘 알 수 없었다. 일은 이제 모두 끝났다. 내일부터는 단 1센티미터도 잔디를 깎을 필요 없다. 아주 묘한 기분이었다.

“바빠?” 여자가 물었다.

나는 고개를 저었다.

“그럼 안에 들어가서 시원한 거 마시고 가. 그렇게 오래 안 붙잡을게. 게다가 잠깐 보여줄 것도 있고.”

보여줄 것?

하지만 내게 망설일 여유는 없었다. 그녀가 앞장서서 성큼성큼 걸음을 옮겼다. 내 쪽은 돌아보지도 않았다. 나는 어쩔 수 없이 뒤따라갔다. 더위로 머리가 멍했다.

집안은 여전히 고요했다. 여름날 오후 빛의 홍수 속에서 갑자기 실내로 들어서자 눈꺼풀 안쪽이 따끔따끔했다. 집안에는 물에 갠 듯한 옅은 어둠이 어려 있었다. 몇십 년 전부터 그곳에 자리잡은 듯한 어둠. 딱히 컴컴하지는 않고 옅은 어둠이었다. 공기는 서늘했다. 에어컨의 서늘함이 아니라 움직이는 공기가 만들어내는 서늘함이다. 어디선가 바람이 들어와 어딘가로 빠져나가는 것이다.

"이쪽이야." 그녀는 곧게 뻗은 복도를 쿵쿵거리며 걸어갔다. 복도에 창이 몇 개 있었지만 옆집의 돌담과 웃자란 녹나무 가지가 빛을 가로막았다. 복도에서는 다양한 냄새가 났다. 전부 기억에 있는 냄새였다. 시간이 만들어내는 냄새. 시간이 만들어내고, 그리고 언젠가 다시 시간이 지워갈 냄새. 오래된 옷이나 오래된 가구, 오래된 책, 오래된 생활의 냄새다. 복도 끝에 계단이 있었다. 그녀는 뒤를 돌아 내가 따라오는지 확인하고 계단을 올랐다. 그녀가 한 칸씩 디딜 때마다 오래된 목재가 삐거덕댔다.

계단을 올라가자 그제야 빛이 비쳐들었다. 층계참에 난 창에는 커튼이 없어서 여름해가 바닥에 빛의 풀장을 만들었다. 2층에는 방이 두 개밖에 없었다. 하나는 창고고, 다른 하나가 방다운 방이었다. 칙칙한 연초록색 문에 작은 젖빛 유리창이 나 있었다. 초록색 페인트는 조금 벗겨졌고 황동 손잡이는 손이 닿는 부분만 허옇게 변했다.

그녀는 입을 오므려 후유 숨을 내쉬더니 거의 비어버린 보드카토닉 잔을 창틀에 내려놓고 원피스 호주머니에서 열쇠다발을 꺼내 큰 소리를 내며 자물쇠를 땄다.

"들어와." 그녀가 말했다. 우리는 방으로 들어갔다. 안은 컴컴하고 후텁지근했다. 더운 공기가 고여 있었다. 꼭꼭 닫아둔 덧문 틈새로 은박지처럼 얄팍한 빛 몇 줄기가 비쳐들었다. 아무것도 보이지 않았다. 희끗희끗 떠다니는 먼지가 보일 뿐. 그녀는 커튼을 걷고 유리문을 열더니 덜걱덜걱 덧문을 밀었다.

눈부신 빛과 시원한 남풍이 순식간에 방으로 쏟아져
들어왔다.

전형적인 십대 여자애의 방이었다. 창가에 학생용
책상이 있고 그 반대편에 작은 나무침대가 있었다.
침대에는 청산호색 시트를 주름 하나 없이 씌웠고
베개도 같은 색깔이었다. 발치에는 담요를 한 장 개
켜두었다. 침대 옆에 옷장과 화장대가, 화장대 앞에
화장도구 몇 가지가 있었다. 헤어브러시와 작은 가
위, 립스틱이며 콤팩트 같은 것들이다. 딱히 화장에
공들이는 타입은 아닌 것 같았다.

책상 위에는 공책과 사전이 있었다. 프랑스어 사
전과 영어 사전이다. 상당히 많이 펼쳐본 듯 보였다.
그것도 험하게 쓰지 않고 아껴서 사용한 티가 났다.
펜 트레이에는 어지간한 필기구들이 끄트머리를 나
란히 하고 놓여 있었다. 지우개는 한쪽만 둥글게 닳

았다. 그리고 자명종과 전기스탠드와 유리 문진. 모두 소박한 물건들이다. 나무 벽에는 새를 그린 원색화 다섯 장과 숫자만 있는 달력이 걸렸다. 책상 위를 훑자 손끝이 먼지로 하얘졌다. 한 달쯤 쌓인 먼지다. 달력도 6월이었다.

전체적으로 그 나이대 여자애의 방치고는 말끔했다. 봉제인형도 없고 록가수 사진도 없다. 현란한 장식물도 없고 꽃무늬 쓰레기통도 없다. 붙박이 책꽂이에는 다양한 책이 꽂혀 있었다. 문학전집, 시집, 영화잡지, 미술전 팸플릿 등이었다. 영어 페이퍼백도 몇 권 꽂혀 있었다. 나는 이 방의 주인을 상상해봤지만 잘되지 않았다. 헤어진 애인의 얼굴밖에 떠오르지 않았다.

몸집 큰 중년 여자는 침대에 앉은 채 가만히 나를 지켜보았다. 줄곧 내 시선을 좇았지만 머릿속으로는

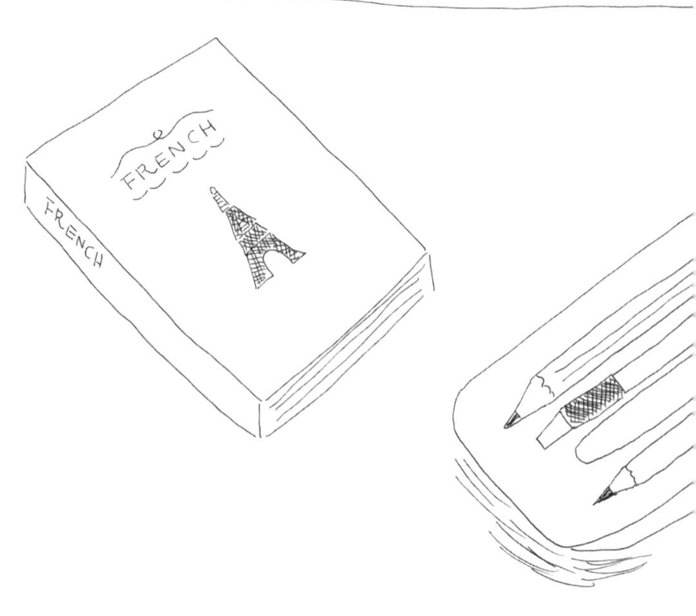

FRENCH
FRENCH

전혀 다른 생각을 하는 것처럼 보였다. 눈이 나를 향하고 있을 뿐 실은 아무것도 보고 있지 않았다. 나는 책상 앞 의자에 앉아 그녀 뒤의 회벽을 바라보았다. 벽에는 아무것도 걸려 있지 않았다. 그냥 하얀 벽이다. 가만히 바라보고 있으려니 벽 위쪽이 앞으로 기운 것처럼 보였다. 금방이라도 그녀의 머리 위로 무너져내릴 것만 같았다. 하지만 물론 그런 일은 없다. 빛이 꺾여서 그렇게 보일 뿐이다.

"뭐 좀 마실까?" 그녀가 물었다. 나는 괜찮다고 했다.

"사양할 거 없어. 잡아먹진 않을 테니까."

그럼 똑같은 것으로, 연하게 주세요, 라고 나는 그녀의 보드카토닉을 가리키며 말했다.

그녀는 오 분 뒤 보드카토닉 두 잔과 재떨이를 들고 돌아왔다. 나는 내 몫의 보드카토닉을 한 모금 마셨다. 전혀 연하지 않았다. 나는 얼음이 녹기를 기다리며 담배를 피웠다. 그녀는 침대에 앉아 아마도 내 것보다 훨씬 진할 보드카토닉을 홀짝거렸다. 이따금 오도독오도독 얼음을 깨물어먹었다.

"난 몸이 튼튼해." 그녀는 말했다. "그래서 취하지 않아."

나는 애매하게 고개를 끄덕였다. 우리 아버지도 그랬다. 하지만 알코올과 경쟁해서 이긴 사람은 없다. 코가 물속에 폭 잠겨버릴 때까지 여러 가지 것을 깨닫지 못하는 것뿐이다. 아버지는 내가 열여섯 살이 되던 해에 죽었다. 아주 깨끗한 죽음이었다. 살아 있었는지 어땠는지조차 잘 생각나지 않을 만큼 깨끗한 죽음.

그녀는 내내 침묵했다. 유리잔을 흔들 때마다 얼음 부딪히는 소리가 났다. 열린 창으로 이따금 시원

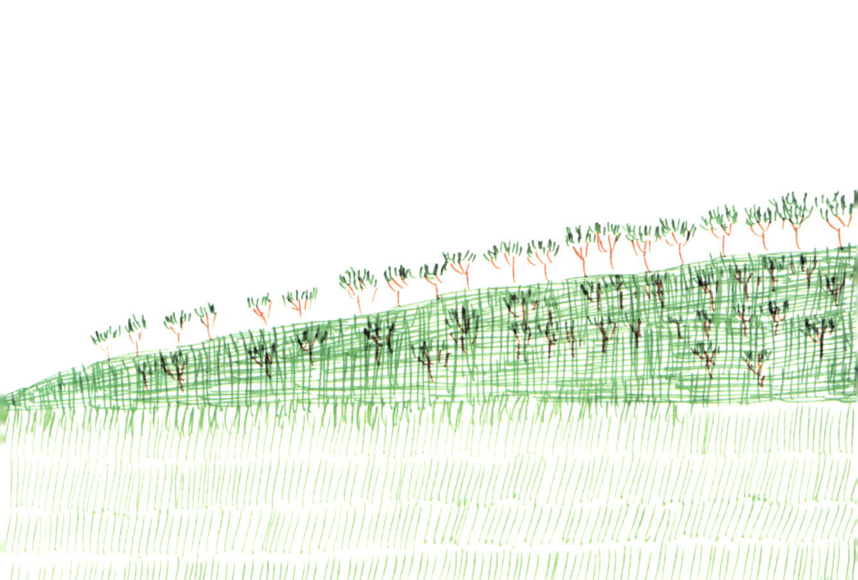

한 바람이 불어왔다. 바람은 남쪽에서 또다른 언덕을 넘어 불어왔다. 그대로 잠들어버리고 싶은 조용한 여름날 오후다. 어딘가 멀리서 전화벨이 울리고 있었다.

“옷장 좀 열어봐.” 그녀가 말했다. 나는 옷장 앞으로 가서 그녀가 시키는 대로 문을 양쪽으로 열었다. 안에는 옷이 잔뜩 걸려 있었다. 반은 원피스고 나머지 반은 스커트와 블라우스와 재킷 등이다. 전부 여름옷이었다. 낡은 옷도 있고 거의 새것처럼 보이는 옷도 있었다. 스커트는 대부분 미니였다. 취향도 물건도 나쁘지 않았다. 딱히 눈길을 끄는 건 아니지만 굉장히 느낌이 좋았다. 이만큼 마련해두면 여름 한철 데이트 때마다 다른 옷을 입고 나갈 수 있다. 잠시 그 옷들을 바라보다 나는 옷장 문을 닫았다.

“아주 좋은데요.” 내가 말했다.

“서랍도 열어봐.” 그녀는 말했다. 나는 잠시 망설였지만 단념하고 옷장에 달린 서랍을 하나씩 열어보았다. 주인도 없는 사이 여자애의 방을 휘젓는 게―아무리 어머니가 허락했다고 해도―도저히 정당한 행위로 생각되지 않았지만, 거절하기도 귀찮았다. 오전 열한시부터 술을 마시는 인간이 대체 무슨 생각을 하는지 나는 알 도리가 없다. 맨 위 큰 서랍에는 청바지며 폴로셔츠, 티셔츠가 들어 있었다. 깨끗이 빨아 주름 하나 없이 단정히 개켜두었다. 두번째 칸에는 핸드백이며 벨트, 손수건, 팔찌 같은 게 있었다. 천 모자도 몇 개 있었다. 세번째 서랍은 속옷과 양말이었다. 모든 것이 청결하고 잘 정돈되어 있었다. 나는 별다른 이유도 없이 슬픔에 빠졌다. 어쩐지 가슴이 먹먹해지는 느낌이었다. 그러고 나서 서랍을 닫았다.

여자는 침대에 앉은 채 창밖의 풍경을 보고 있었다. 오른손에 든 보드카토닉 잔은 거의 비어 있었다.

나는 의자로 돌아와 새 담배에 불을 붙였다. 창밖은 완만한 비탈이고 그 비탈이 끝난 언저리에서 다시 다른 언덕이 시작되었다. 초록빛 구릉지가 한없이 이어지고 그곳에 달라붙듯이 집들이 늘어서 있다. 어느 집에나 정원이 있고 어느 정원에나 잔디가 자라 있었다.

"어떻게 생각해?" 그녀가 창에 시선을 둔 채 말했다. "그녀에 대해서 말이야."

"만난 적도 없는데, 모르죠." 나는 말했다.

"옷을 보면 그 여자에 대해 웬만큼 알 수 있지." 여자는 말했다.

나는 애인을 생각했다. 그리고 그녀가 어떤 옷을 입었는지 떠올려보았다. 전혀 떠오르지 않았다. 내가 그녀에 대해 떠올릴 수 있는 것은 모두 막연한 이미지였다. 그녀의 스커트를 떠올리려고 하면 블라우스가 사라지고, 모자를 떠올리려고 하면 그녀의 얼굴이 어떤 딴 여자의 얼굴이 되었다. 기껏해야 반년 전 일인데 아무것도 떠올릴 수 없었다. 결국 나는 그녀에 대해 대체 뭘 알고 있었던 걸까?

"모르겠는데요." 나는 다시 말했다.

"느낌이라도 괜찮아. 어떤 것이든 좋아. 아주 작은 거라도 말해봐."

나는 시간을 벌기 위해 보드카토닉을 한 모금 마셨다. 얼음이 거의 다 녹아 토닉워터는 달콤한 물이 되어 있었다. 보드카의 강렬한 향기가 목구멍을 타고 위로 내려가 은근한 온기로 변했다. 창문을 넘어 불어온 바람이 책상 위에 흰 담뱃재를 흩뿌렸다.

"느낌이 아주 좋고 단정한 사람일 것 같아요." 나

는 말했다. "자기주장을 강하게 밀어붙이지 않지만 그렇다고 소심한 것도 아니에요. 성적은 중상 정도. 학교는 여대나 전문대, 친구는 별로 많지 않지만 사이가 좋고. ……맞아요?"

"계속해봐."

나는 손안에서 유리잔을 몇 번 돌리다가 책상에 내려놓았다. "그 이상은 모르겠어요. 방금 말한 게 맞는지 어떤지도 전혀 자신이 없는데요."

"대충 맞았어." 그녀는 무표정하게 말했다. "대충 맞아."

그녀의 존재가 살금살금 이 방으로 숨어드는 것 같았다. 그녀는 어렴풋한 흰색 그림자 같았다. 얼굴도 팔도 다리도, 아무것도 없다. 빛의 바다가 만들어낸 아주 작은 뒤틀림 속에 그녀는 존재했다. 나는 보드카토닉을 다시 한 모금 마셨다.

“남자친구는 있어요.” 나는 말을 이었다. “한 명이나 두 명? 모르겠네요. 얼마나 깊은 사이인지는 모르겠어요. 하지만 그런 건 별로 상관없어요. 문제는…… 그녀가 여러 가지 것에 쉽게 익숙해지지 못한다는 거예요. 자기 몸이나, 생각이나, 자기가 원하는 것, 그리고 남들이 요구하는 것…… 그런 것들에요.”

“그래.” 잠시 후 여자가 말했다. “무슨 말인지 알겠어.”

나는 알지 못했다. 내 말이 무슨 뜻인지는 알고 있었다. 하지만 누가 누구에게 하는 말인지 알 수 없었다. 나는 몹시 피곤하고 졸렸다. 잠들어버리면 많은 것이 명확해질 것 같았다. 하지만 솔직히 그런다고 해서 뭔가 나아질 것 같지는 않았다.

그후로 그녀는 내내 입을 다물었다. 나도 잠자코

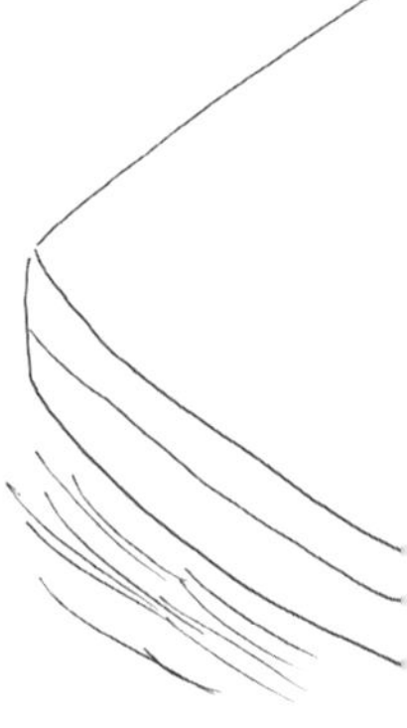

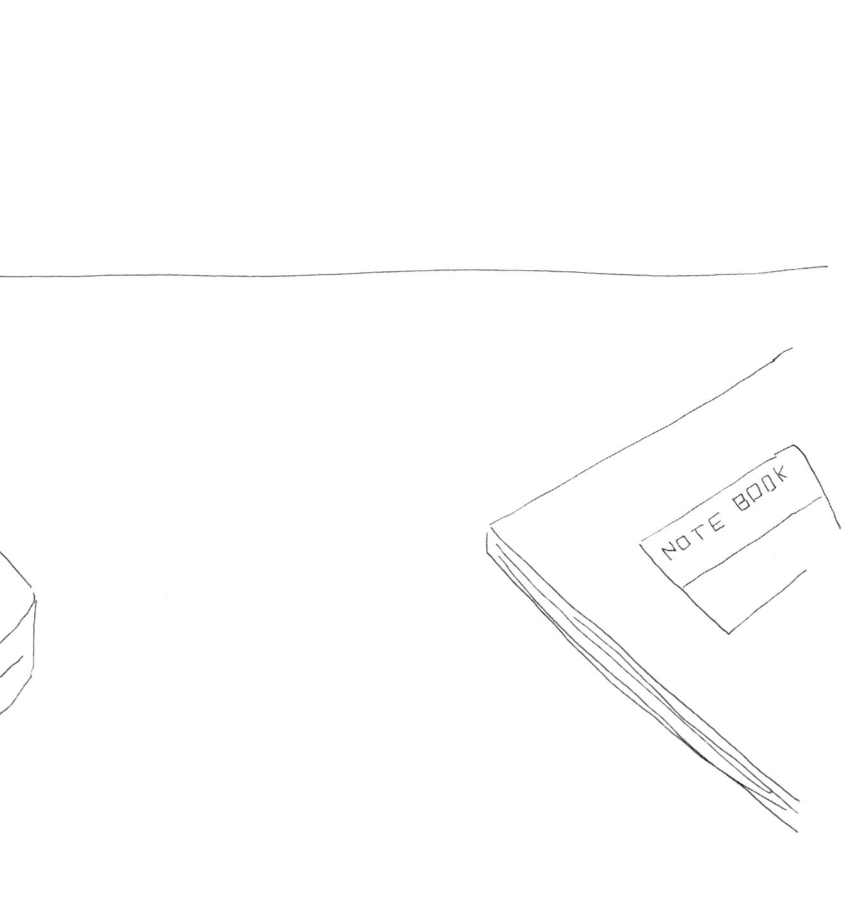

NOTE BOOK

있었다. 달리 할 일이 없어서 결국 보드카토닉을 반
이나 마셔버렸다. 바람이 약간 강해져서 녹나무의
둥근 잎이 흔들렸다. 나는 실눈을 뜨고 가만히 그것
을 바라보았다. 침묵은 꽤 오래 이어졌지만 그리 괴
롭진 않았다. 나는 잠들지 않도록 주의하면서 녹나
무를 바라보고, 내 몸속에 심지처럼 존재하는 피로
를 가상의 손가락 끝으로 계속 더듬어보았다. 그것
은 내 안에 있으면서 또한 아주 먼 어딘가에 있는 것
처럼 느껴졌다.

"붙잡고 있어서 미안해." 여자가 말했다. "잔디를
정말 곱게 깎아줘서, 기뻐서 그랬어."

나는 고개를 끄덕였다.

"아, 돈 줄게." 여자는 원피스 호주머니에 희고 큰
손을 넣으며 말했다. "얼마지?"

"나중에 정식으로 청구서 보내드릴게요. 계좌로

입금해주시면 돼요." 내가 말했다.

　여자는 목 안쪽에서 어쩐지 불만스러운 듯한 소리
를 냈다.

　우리는 다시 같은 계단을 내려와 같은 복도를 되
짚어 현관으로 나왔다. 복도와 현관은 들어올 때와
마찬가지로 서늘하고 어둠에 감싸여 있었다. 어린
시절의 여름날, 얕은 시내를 맨발로 거슬러오르다
거대한 철교 밑을 지날 때 정확히 이런 느낌이 들었
다. 주위가 으슥해지면서 갑작스레 물의 온도가 뚝
떨어진다. 그리고 발밑의 모래가 묘하게 미끈거린
다. 현관에서 테니스화를 신고 문을 열었을 때 문득
안도감이 밀려왔다. 햇빛이 내 주위에 넘쳐나고 바
람에서는 숲의 향기가 났다. 벌 몇 마리가 졸린 듯한
날개 소리를 내며 담장 위를 날아다녔다.

"대단한 솜씨야." 여자는 정원의 잔디를 바라보며 다시 한번 말했다.

나도 잔디를 바라보았다. 분명 정말 곱게 깎았다. 근사하다고 해도 좋을 정도다.

여자는 주머니에서 많은 것을―그야말로 많은 것을―꺼내 그중 꾸깃꾸깃한 만 엔짜리 지폐를 집어냈다. 그리 낡은 지폐는 아니지만 아무튼 꾸깃꾸깃했다. 십사오 년 전에 만 엔이면 제법 큰돈이었다. 나는 잠시 망설였지만 거절하지 않는 게 좋을 것 같아서 받기로 했다.

"고맙습니다." 나는 말했다.

여자는 아직 뭔가 못다 한 말이 남은 듯한 표정이었다. 그걸 어떻게 말해야 할지 잘 모르는 것 같았다. 그 상태로 오른손에 든 유리잔을 바라보았다. 유리잔은 비어 있었다. 그래서 또 나를 보았다.

“다시 잔디 깎는 일 시작하면 우리집에 전화해. 언제든 좋으니까.”

“네.” 내가 말했다. “그럴게요. 샌드위치하고 술, 감사합니다.”

그녀는 목구멍 안에서 ‘응’인지 ‘흠’인지 알 수 없는 소리를 냈다. 그리고 빙글 돌아서서 현관으로 걸어갔다. 나는 차 시동을 걸고 라디오 스위치를 켰다. 벌써 세시가 훌쩍 넘은 시각이었다.

중간에 졸음을 쫓을 겸 휴게소에 들어가 코카콜라와 스파게티를 주문했다. 스파게티는 지독히도 맛이 없어서 반밖에 먹지 못했다. 하지만 어쨌거나 별로 배가 고프지 않은 탓이 컸다. 안색이 나쁜 웨이트리스가 그릇을 치워가자 나는 비닐을 댄 의자에 앉아서 꾸벅꾸벅 졸았다. 안은 텅 비었고 적당하게 냉

방이 되어 있었다. 아주 짧은 잠이었던 터라 꿈 같은
건 꾸지 않았다. 잠 자체가 꿈 같았다. 그래도 눈을
떴을 때는 햇볕이 얼마간 약해져 있었다. 나는 콜
라를 한 잔 더 마시고 아까 받은 만 엔 지폐로 계산
했다.

주차장에서 차에 올라 열쇠를 대시보드에 올려놓
고 담배를 한 대 피웠다. 각종 자잘한 피로가 한꺼번
에 밀려왔다. 알고 보니 나는 몹시 지쳐 있던 것이
다. 운전을 포기하고 좌석 깊숙이 몸을 묻고서 또 한
대 담배를 피웠다. 모든 것이 머나먼 세계에서 일어
난 일 같았다. 쌍안경을 거꾸로 들여다볼 때처럼 사
물이 유난히 선명하고 부자연스러웠다.

'너는 나에게 많은 것을 바라고 있겠지만,' 애인은
그렇게 썼다. '나는 내가 그 대상이라는 생각이 전혀
들지 않아.'

내 바람은 잔디를 꼼꼼하게 깎는 것뿐이야, 나는 생각한다. 처음에는 기계로 깎고 갈퀴로 긁어낸 다음 가위로 꼼꼼히 다듬는다―그것뿐이다. 나는 그렇게 할 수 있다. 그렇게 해야 한다고 느끼기 때문이다.

그렇잖아, 라고 소리 내어 말해보았다.

대답은 없었다.

십 분 후 휴게소 매니저가 차 옆으로 다가와 몸을 숙이며 괜찮으냐고 물었다.

"현기증이 좀 났어요." 나는 말했다.

"날이 너무 더워서 그래. 물 좀 갖다줄까?"

"고마워요. 하지만 정말 괜찮습니다."

나는 주차장에서 차를 빼 동쪽을 향해 달렸다. 길 양옆으로 다양한 집이 서 있고 다양한 정원이 있고 다양한 사람들의 다양한 삶이 있었다. 나는 핸들을

Coca Cola

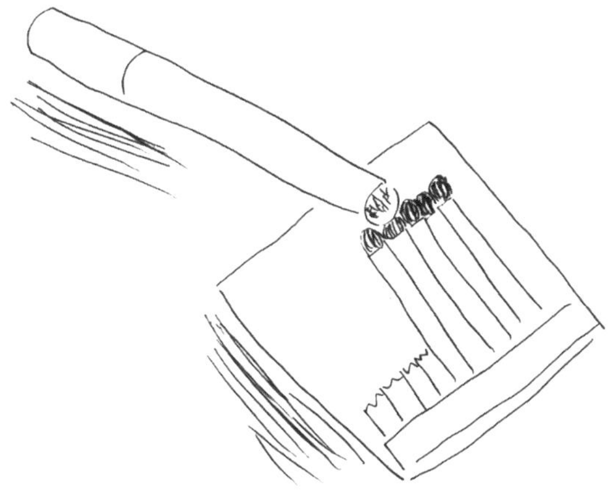

붙든 채 내내 그런 풍경을 바라보았다. 라이트밴 짐
칸에서 잔디기계가 덜컹덜컹 흔들렸다.

*

그후로 나는 한 번도 잔디를 깎지 않았다. 언젠
가 잔디 정원이 있는 집에 살게 된다면 다시 잔디
를 깎게 되리라. 하지만 그건 한참 나중의 일일 듯
하다. 그때도 나는 정말 꼼꼼하게 잔디를 깎을 게
틀림없다.

무라카미 하루키의 단편소설 「오후의 마지막 잔디」는 잡지 〈다카라지마〉(1982년 9월호)에 발표 후 소설집 『중국행 슬로보트』의 수록작으로 출간되었다. 안자이 미즈마루의 일러스트레이션은 잡지 〈다테구미·요코구미〉(1987년 가을 제18호)에 「오후의 마지막 잔디」의 삽화로 최초 게재되었다.

지은이 **무라카미 하루키**

1949년 교토 출생. 1979년 『바람의 노래를 들어라』로 군조신인문학상을 수상하며 데뷔했다. 1987년 『노르웨이의 숲』으로 기록적인 판매고를 올렸고, 2005년 『해변의 카프카』가 〈뉴욕 타임스〉 올해의 책에 선정되었다. 2009년 『1Q84』, 2017년 『기사단장 죽이기』, 2023년 『도시와 그 불확실한 벽』 등 신작을 발표할 때마다 큰 화제를 모으며 전 세계 독자들에게 사랑받고 있다. 2006년 프란츠 카프카 상, 2009년 예루살렘상, 2016년 한스 크리스티안 안데르센 문학상, 2023년 아스투리아스 공주상을 수상하며 문학적 성취를 인정받았다.

그린이 **안자이 미즈마루**

1942년 도쿄 출생. 니혼대학 예술학부를 졸업하고 출판사에서 아트 디렉터로 근무했다. 1981년부터 프리랜서 일러스트레이터로 활동하며 북디자인, 광고, 만화, 소설, 에세이 등 다방면에서 활약했다. 무라카미 하루키와의 공동 작업으로 '무라카미 하루키 에세이 걸작선'(전6권) 『밤의 거미원숭이』 『이렇게 작지만 확실한 행복』 『이윽고 슬픈 외국어』 등이 있다. 2014년 71세를 일기로 타계했다.

옮긴이 **양윤옥**

일본문학 전문번역가. 옮긴 책으로 『1Q84』 『여자 없는 남자들』 『중국행 슬로보트』 『일식』 『장송』 『가면의 고백』 『철도원』 『유성의 인연』 『나미야 잡화점의 기적』 『헌치백』 등이 있다. 『일식』으로 2005년 일본 고단샤가 수여하는 노마문예번역상을 수상했다.

문학동네 세계문학

오후의 마지막 잔디

1판 1쇄 2026년 4월 23일
1판 2쇄 2026년 5월 11일

지은이 무라카미 하루키 | 그린이 안자이 미즈마루 | 옮긴이 양윤옥
책임편집 고선향 | 편집 백지선 | 디자인 김이정
저작권 박지영 형소진 주은수 오서영 조경은
마케팅 정민호 서지화 박치우 한민아 왕지경 이민경 정유진 정경주 김혜원 김예진 이서진
브랜딩 함유지 이송이 박민재 김하연 신은서 이준희
미디어콘텐츠 함근아 김은솔 박다솔
제작 강신은 김동욱 이순호 | 제작처 더블비(인쇄) 신안문화사(제본)

펴낸곳 (주)문학동네 | 펴낸이 김소영
출판등록 1993년 10월 22일 제2003-000045호
주소 10881 경기도 파주시 회동길 210
전자우편 editor@munhak.com | 대표전화 031) 955-8888 | 팩스 031) 955-8855
문학동네카페 http://cafe.naver.com/mhdn
인스타그램 @munhakdongne | 트위터 @munhakdongne
북클럽문학동네 http://bookclubmunhak.com

ISBN 979-11-416-1614-4 02830

잘못된 책은 구입하신 서점에서 교환해드립니다.
기타 교환 문의 031) 955-2661, 3580

www.munhak.com